AF322058

CREDO!

Par A.-A. G....

LYON

IMPRIMERIE DE LOUIS PERRIN

—

1861

CREDO!

PAR A.-A. G....

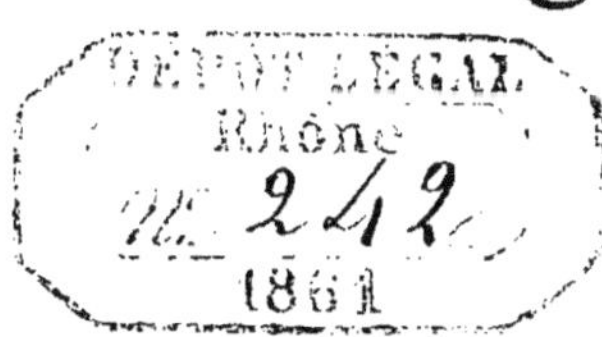

LYON

IMPRIMERIE DE LOUIS PERRIN

—

1861

PATER NOSTER.

Des cieux où vous régnez, vous êtes notre père ;
Vous voulez qu'on vous aime, ainfi qu'on vous révère :
O Père, ô Créateur, que votre nom puiffant
Se révèle en fa gloire au monde obéiffant ;
Que votre règne arrive, & qu'enfin fur la terre
Votre volonté fainte, ainfi qu'au ciel, s'opère.
Faites à nos befoins leur part de chaque jour :
Donnez au corps le pain, donnez au cœur l'amour.
Pour vous, nous remettrons leurs dettes à nos frères ;
Mais, vous, remettez-nous nos péchés, nos mifères.
Si la Tentation, en fon charme trompeur,
S'élève contre nous, défendez-nous, Seigneur ;
Délivrez-nous du mal, écoutant la prière
Qu'au monde votre Fils enfeigna, notre Père !

AVE MARIA.

Belle êtes-vous, ô Marie, entre toutes,
Pleine de grâce & pleine de bonté ;
Jamais le ciel n'enferra fous fes voûtes
Charme auffi doux, tréfor plus enchanté !

Je vous falue, ô vierge immaculée,
Rayon divin d'où le foleil defcend !
Vaiffeau choifi, créature appelée
A compléter l'œuvre du Tout-Puiffant.

Vous êtes bonne aux enfants de la terre ;
Fille des rois, je fuis à vos genoux !
Laiffez tomber un regard tutélaire :
Source d'amour, ayez pitié de nous.

Le monde entier eft plein de vos prodiges
Votre nom règne au fronton des palais ;
A l'humble toit vous donnez fes preftiges.
Qui d'entre tous vous égala jamais !

Chacun vous prie en fes langueurs diverfes :
Le pauvre attend fon pain de votre main ;
Le voyageur qu'ont laffé les traverfes
Vous trouve enfin pour guide à fon chemin.

Du nautonnier ſi la voile héſitante
Fatigue en vain l'azur profond des mers,
Vous vous levez, étoile bienfaiſante,
Et lui rendez les ſillons moins amers.

Quand ſous ſon chaume, au déclin des ravines,
L'âpre ouragan fait trembler le paſteur ;
Souffle de Dieu, penché ſur les collines,
Vous repouſſez l'ange dévaſtateur.

Si le malade appelle en ſa nuit ſombre,
Vous l'entendez, Vierge de bon ſecours ;
Si le pécheur veut ſortir de ſon ombre,
Vous devenez le flambeau de ſes jours.

L'artiſte élu, l'harmonieux poète
Songent de vous pour peindre la beauté ;
Vous attachez à l'œuvre plus parfaite
Le nimbe d'or de votre éternité,

Ecoutez-nous ! Ces feux qui reſplendiſſent,
Ces fleurs, ces chants, tout ce culte ſi doux,
Pour que du ciel les ſentiers s'aplaniſſent,
De notre cœur ils s'élèvent à vous.

Servez de trace aux pas de l'innocence ;
Soyez l'appui des pieds plus chancelants ;
Entourez-nous, abîme de clémence ;
Mère de Dieu, nous ſommes vos enfants.

Le temps s'enfuit ; imprudent ou plus ſage,
L'arrêt fatal nous atteindra demain.
Pour nous aider à franchir le paſſage,
Reine du ciel, ah ! tendez-nous la main.

CREDO.

———

Je crois en vous, mon Dieu, Père de toute chofe,
Créateur tout-puiffant en qui l'être repofe ;
Je crois que les efprits, ainfi que les humains,
Et la terre & le ciel font l'œuvre de vos mains.

Je crois en Jéfus-Chrift, Fils éternel du Père,
Divinité fait homme en qui le monde efpère,
Verbe révélateur, par qui nous font venus
Tous les fecrets d'en-haut, jufqu'alors inconnus.
Je crois qu'au fein fécond d'une Vierge bénie
Le fouffle de l'Efprit mit fon âme infinie,
Et la chair, & le fang, & la divinité,
Et tout le Chrift enfin par Marie enfanté ;
Je crois qu'il a vécu parmi nous fur la terre,
Et qu'il eft mort en croix afin de fatisfaire
L'arrêt qui nous avait condamnés à moŭrir,
Afin de nous fauver, afin de nous rouvrir
Le jardin du bonheur & les chemins de vie,
Et notre place au ciel par le péché ravie ;

Qu'on le mit au fépulcre, & que, pendant ce temps,
Les enfers lui rendaient leurs captifs habitants,
Troupe de bienheureux, aux limbes retenue,
Et foupirant après le jour de fa venue ;
Car nul n'avait vu Dieu, nul ne devait le voir
Qu'à la fuite du Verbe & que par fon pouvoir.
Je crois qu'avant les feux de la troifième aurore,
La terre avec amour vit ce faint germe éclore,
Et que le Rédempteur s'élança du tombeau
Pour remonter au ciel, plus puiffant & plus beau.
Je crois qu'il reviendra, diffipant tous les voiles,
Porté fur les foleils & couronné d'étoiles,
Semant avec fes pas l'amour & la terreur,
Le pardon d'une main, de l'autre la fureur,
Et qu'il appellera les élus de fa grâce,
Tandis que les maudits fuiront devant fa face.

Mais du Père & du Fils, en leur amour divin,
A procédé l'Efprit, myftérieux lien ;
Egal à tous les deux en honneurs, en puiffance,
Rayon coéternel de l'éternelle effence.
Efprit, je crois en vous ; Efprit confolateur,
Vous reliez auffi le monde à fon auteur ;
C'eft par vous que defcend, en un heureux échange,
La grâce qui fur nous fe repofe & nous change ;
Et, par vous rappelés vers leur premier féjour,
S'élancent de nos cœurs la prière & l'amour.
Vous étiez la parole aux lèvres des prophètes,
Et c'eft par vous encore que chantent les poètes.

Efprit, foyez béni, vous avez la beauté,
En vous eft le feul bien, en vous la vérité!
Ainfi qu'à Jéfus-Chrift, je crois à fon Eglife,
L'Eglife des vieux jours, la vieille foi tranfmife ;
J'y crois avec amour & m'incline humblement
Sous le fymbole entier de fon enfeignement.
Je crois qu'aux mots du prêtre, ainfi qu'aux flots de l'onde,
S'efface le péché qui nous fuit en ce monde ;
Que les efprits de ceux que nous avons aimé
Intercèdent pour nous près du Juge charmé ;
Qu'il eft un facrifice univerfel, immenfe,
Qui rapporte à chacun fon tribut de clémence ;
Enfin, je crois, mon Dieu, je crois avec ardeur
Au jour qui nous rendra notre antique grandeur,
Quand la chair & l'efprit, qu'un nouveau nœud raffemble,
Comme ils auront fouffert feront heureux enfemble.